나 — 안
괜찮아

실 키

인도에서 그림 공부를 하며, 만화를 연재하였다.
현재 프랑스에서 새로운 것을 배우기 위해 도전 중.

 www.fb.com/silkidoodle
@silkidoodle @silkidoodle

나—안 괜찮아

초판 1쇄 발행. 2016년 9월 21일
초판 18쇄 발행. 2024년 12월 20일

지은이. 실키
펴낸이. 조미현

편집주간. 김현림
디자인. 장혜림

펴낸곳. ㈜현암사
등록. 1951년 12월 24일 제10-126호
주소. 04029 서울시 마포구 동교로12안길 35
전화. 02-365-5051
팩스. 02-313-2729
전자우편. editor@hyeonamsa.com
홈페이지. www.hyeonamsa.com

ISBN 978-89-323-1813-4 03810

이 도서의 국립중앙도서관 출판시도서목록(CIP)은 서지정보유통지원시스템 홈페이지(http://seoji.nl.go.kr)와 국가자료종합목록시스템(http://www.nl.go.kr/kolisnet)에서 이용하실 수 있습니다.
(CIP제어번호 CIP2016021555)

* 책값은 뒤표지에 있습니다. 잘못된 책은 바꾸어 드립니다.

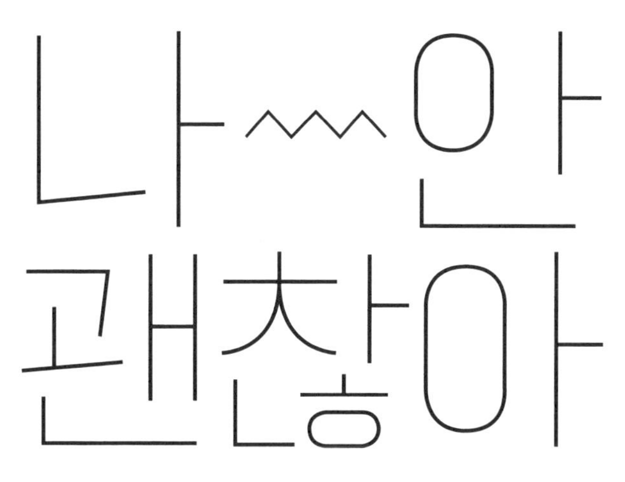

실키Silkidoodle 글·그림

현암사

들어가면서

카페에서 버스에서, 노트에 영수증에 틈틈이 그린 낙서들과
그날 하지 못한 말들을 적은 일기를 모아 이야기를 만들었습니다.

선입견을 주지 않기 위해 나이와 성별이 없는 캐릭터를 설정하였고,
느끼고 보았던 많은 것들을 나누고 싶어 Silkidoodle을 시작하게 되었습니다.

괜찮다고 말하지만, 사실은 괜찮지 않아.

'나-안' 괜찮아'는 상대에 따라 '나 안 괜찮아' 혹은 '난 괜찮아'가 되겠지요.
상대와 나 사이의 관계를 깨닫는 계기가 될 수도 있겠습니다.
솔직하게 '난 안 괜찮아'라고 말할 수 있는 날이 조금 더 많아지기를 바랍니다.

이 책이 있기까지 제 만화를 사랑해주시고 즐겁게 읽어주셔서 감사합니다.
함께 얘기하고, 생각을 나누어주셔서 감사합니다.
하나의 이야기를 우리의 이야기로 만들어주신 독자님들 감사합니다.

책을 통해 이야기를 나눌 수 있게 해주신 출판사 현암사와 편집자님.
마지막으로 늘 곁에서 나에게 힘이 되어준 지혜에게.

감사합니다.

차례

PART 1 내 눈이 말하고 있잖아 14

SILKI

나―안 괜찮아

난 괜찮아-

나~안 괜찮아-

내 눈이 말하고 있잖아

PART 1

꿈이 뭐니?
재우고나
물어봐요.
SILKI

넌 왜 이렇게 어두워?
사람이 좀 밝아야지.
이런 내가 네게
피해를 주니?
음, 아니.
넌 그래.
SIWKI

너는 시발
점이 돼주었어.
더 노력할게.
고마워.
24 6
15 SIWKI

와 정말 대단해!
너의 용기있는 결정정
정말 보기드문너
그럼
니도 해.
....
19 1
SILKI 14

내가 잘못했어.
그런데
그럼 거기까지 해.
말이 많네.
SILKI

차라리 말 아껴.
SINKI

/ 내 눈이 말하고 있잖아 /

/ 말 많은 닭 머리 /

너와 있으면 친구와 얘기하는 것 같아.
네 나이 또래와는 다르구나.
넌 특별해.
네가 어려서 그래.
결국 너도 똑같구나.
4 11
14 SIIKI

/ 늘 하고 싶었던 말 /

/ 모두가 알아요 /

23 12
SILKI 14
전 그냥 쭉 외로웠어요.
당신이 몰랐을 뿐이지…

/ 자존심과 자존감 /

네 자존심? …
… 내 자존감은?
2 9
14 SINKI

친해지쟀지,
막 대하랬니?
S | I
IS | SIUKI

나도 너처럼 되고 싶어.
SIWKI

/ 당사자는 나인데 마냥 저들 지식 자랑하기 바쁘네 /

내가 맘 같아선 진짜…
SILKI

/ 똑같이 좀 해주게 /

SIWH
응석부리지 마!
내가 다 했잖아!
그거 뒷수습 중이야.

/ 전혀 달갑지 않은 통보 /

나 네가 싫어하는 일을 해도 될까?
아니, 난 싫은데.
내가 널 좋아해서 그래!
사실 이미 전부 해버렸어!!
괜찮지? 내가 널 좋아해.
SILKI

아아, 나 너무 힘들어…
넌 힘드니?
난 짐들어.
7 6
15 SIWKI

럴수 있지만
와 상황이 날
를 해주는 것
그래서 결론이 뭔데?
네게
미안…

이제 좀 괜찮아졌어?
상처에 큰 흉터가 남아버렸어.
다 아문 것 같은데 그만 잊어버리자.
없었던 일이 될 수는 없어.
없던 일로 하고 잊고 살자, 좀!! 네가 원하는 게 약값이야?
아니.
같은 일이 다신 반복되지 않기.
4 4 16 SIWKI

괜찮니?
난 아니었는데.
8/6/15
SINKI

/ 서로의 기분을 느끼고 공감하자 /

시작도 안 하려고 했던 이유

아, 나도 그쪽에서 살고 싶다.
물이나 뭍이나
사는 건 똑같아.
네가 여기에 대해 아니?
모르지…
맞아, 넌 몰라.
네가 부럽다.
너무 힘들어.
힘내.
영혼 없는 위로…
이곳 힘든 점은
너도 모르면서.
SIWKI

/ 그 둘만의 우정 /

우정을 위해서 터놓고 말해보자!
넌 이래서 별로고
저래서 별로야.
나 그때 너 진짜 재수 없었어!
너는 말할 때 싸가지가 없어!
터놓고 얘기하니까 정말 좋다!
우리 이제 풀린 거다?
SIHAH

뭐하냐?
널 좀 이해해보려고.
SIWKI

뭔데 뭔데?
별거 아냐.
SINKI
내가 별거 아닌 거겠지.

SIHU
내가 기 세다는
소리를 좀 듣지.
친절함과 나약함이 같지 않듯
기 센 것과 싸가지는 다른데요.

8 7
SILKI 15
혼자가 아니라고 해서 외롭지 않은 건 아니야.

왜? 외로워?
왜 외로워?
괴로워.
SIIKKI

/ 잠들 수도 잠들기도 싫은 밤 /

SIWKI
그래서 나보고
어떡하라고.
하란다고 고대로 할 거냐, 니가?

나 머리했어!
어때?
그 머리, 바가지가 아니라 그릇이네.
그릇된 선택.
SIWKI

/ 네가 뭘 아니 /

I'M NOTHING.
CUZ U DID NOTHING.

/ 문제가 아닌 문제의 배경 /

그러한 상황에서
그러한 사람과
그러한 장소에서의 나의 입장과
얽힌 이해관계 속에서
또한 나의 그러한 상황들 때문에
하지 못한다는 게 문제야.
아, 그냥 해.
…… ……
…
SIWOO

/ 다 아시잖아요 /

SILKI
심각해지게 왜 이래?
왜 이렇게 심각해?
안 심각해야 할 이유는 뭔데?!

자유-!!
는
남에게
피해를
끼치는
그 순간
'방종'일
뿐이지.
아디오스…
SIWKI

난 너무 늙어버렸어.
아가, 네 나이가 몇인데?
내 인생 중 최고예요.

/ 이런 길도 있다고 /

내가 아파도
시간은
멈추지 않아.
그러다가
네 생명이
멈춘단다.
27/1
16 SILKI

/ 정말 무슨 상관인지 몰라서 묻는 거니 /

무슨 일인진 모르겠다만 어서 사회와
가정의 평화를 위해서 화해하도록 해!

용서를 구하는 모습 정말 용기있고 멋지구나!
자, 서로 악수하고 일단락 짓도록 하자! 어서!
머리가 아픈 건 질색이야.
싫어.
미안하다, 화해하자.

다친 건 난데 왜 니들이 용서를 해?
나만 참으면 일사천리라는 소리야?
사과는 용기 있는 거고
안 받는 건 치사한 거야?
11 2
16 SILKI

하는 건 네 맘이지만
받는 건 내 맘이라구!

/ 외면할수록 신경 쓰인다 /

시끄러워…
짹짹
짹짹!
짹짹!
짹짹!
짹짹!
짹짹!
짹짹!!
짹짹!!
짹짹!
짹짹!!
짹짹!
짹짹
짹짹!
짹짹!!
짹짹
짹짹
듣고 싶지 않아…
짹짹짹짹
짹짹!!
짹짹!
짹짹!
짹
짹짹
짹짹!!
짹짹!
짹짹!
짹짹!
SIUKI

나한테 호감이 있어서 친절한 거 아니었어?
친절은 감정이 아니라 태도죠.
왜 날 헷갈리게 만드는 거야!
음
친절해야 하나 불친절해야 하나 헷갈린다…
SIUKI

난 몰랐지. 본의 아니게
상처받았다면

미안해.

미안하면 미안한 거지, 이건 뭐니?

/ 올바른 사과문 /

/ 감당할 수 있는 무게 /

SINKU
넌 왜 내게 기대는 법이 없냐? 섭섭하게, 내겐 좀 기대도 돼.
어우야!! 잠깐!!
너무 무거워! 어깨 저려!
잠깐 머리 치우고 목에 힘줘봐. 내가 감당할 수 있을 만큼만 기대.
그래도 기대니까 의지 되지?
어쭙잖게 생색내지 마. 이럴까 봐 안 기댄 거야.

SILKI
네가 좋아하는 일을 해주고 싶어. 널 좋아하니까.
날 좋아한다면, 내가 싫어하는 일이나 하지 마.

/ 얼마든지 말해도 되는 자격 /

무슨 일이니? 뭐가 문제야?
나 혼자 할게.
섭섭하다. 우리 사이에 이럴래?
헉!
이런 반응 반갑지 않은데.
다른 건 없니? 좀 더 간단한 거.
안 심각하고 별거 아닌 것?
자, 걱정마! 내가 해결해줄 테니!
생색이나 좀 내지 마라.
4+4=?
SILKI

/ 우리 안의 우리 /

너와 함께 꿈꿔왔던 것들인데
왜 밤마다 이전을 꿈꾸는 걸까.

/ 과거가 쌓여서 만들어진 현재 /

예전 일 좀 꺼내지 마!
그때 일은 그때로 끝내!
끝내길 원하는 사람이 누군데요?
난 과거에 있던 일들이
쌓여서 만들어졌어요.
그것들이 있었기 때문에
지금의 내가 있는 거구요.
SIWKI

/ 네 자신을 옭아맬 여유 /

너 바다 건너서 왔다며?
진짜 웃기게 생겼다.
좋겠다.
남을 놀릴 여유도 있고.
넌 여기서만 살 생각이지?
네 말대로라면 내가 사는 곳에서
넌 모두의 놀림거리가 될 테니까.
SIWKI

당신은 지금 행복하신가요?
아뇨.
저런…
현재가 행복하지 않은데 과연 미래엔 행복할까요?
지금 당장 행복해지세요!!
지금이 행복하지 않아요.
그래서 그나마 내일을 기다리는 게 어때서요.
SIWKI

우린 되고 너는 안 돼

난 알아!
넌 그래!
나도 날 모르는데
네가 뭘 안다는 거야.
내가 오늘 물냉일지 비냉일지 맞혀봐.
……
19/8/15 SIWKI

내일의 힘으로 사는 나

PART 2

계획표 짜는 거 효과 있어?
한 가지는 확실하게 얻을 수 있지.
평균90점
할수 있다
힘내
마음의 안정.
평균90점
힘내
SIUKI

/ 나를 위해 힘내줘, 과거의 나! /

아… 이제 끝났어…
좀 쉬어볼까…
수정과 추가적인 것 말인데…
30/1/15 SIUKI

와, 내가 어디서 이런 걸 배우겠어!
새로운 지식의 즐거움!
실용성 넘치는 뉴지식!
내가 왜 이런 걸 하고 있지.
배워서 얼마나 써먹을지.
아, 하고 싶은 일 하고 싶어라.
SILKI

대체 뭘 해야 하는 거야!!
숙제는 했냐?
아니.
10/15 1/SIMKI

SILKI

/ 수고했어 잠깐 쉬자 /

/ 내가 바라는 커피의 효과 /

커피 마시고 원하는 모습
우아아아아아! 일이 잘된다아!!
그러나 나의 현실은
일이 손에 안 잡히네.
정신줄만 잡는 기분
피곤한 건 똑같잖아.
잠을 잘 수가 없잖아.
내가 원하는 일률
일률은 내려가고 잠은 늦게 온다네
엑
자고 싶은 시간
SILKI

대체 문제가 뭐야.
나도 몰라.
SIKKI

고단한 네게 해줄 수 있는 건 담요를 덮어주거나
속이 아플까 봐 커피에 우유를 넣어주는 것뿐이야.

아침인가… 밤인가…
SILKI

/ 주말의 딜레마 /

작은 교집합 발생
U
A
B
A=(내가 본) 대상
B=(쌓아둔) 기억
뭐야,
똑같네.
A는 B야!
결국 A도 내가 해석한
A 아니던가.
8/6/15 SIUKI

/ 심신의 요정아 도와줘 /

끄으 해결했다…
뭐야!
심신의 안정은 허락할 수 없어!
심신의 요정
으아아악!!
자! 새로운 고통을 주마!
사건 · 사고의 지팡이
푹
SILKI

하루종일 해놓은 게 없어.
자면 안 돼.
자기 전에 뭔갈 해야 해.
시작하기 힘들어.
어쩌지…
쿨
SIWKI

/ 쉰 적은 없는데 해 놓은 게 없어 /

SIUKI

/ 돈 주고 삽니다 /

근육통 약이랑 자존감 주세요.
포옹과 위로도
잊지 마시구요.
2017
SILKI 7.15

피곤하다.
몸이 세 개였으면 좋겠어.
세 명으로 나누어서 각자 할 일을 할 거야.
열심히 일하기
놀기
일
놀기
자기
쉬기
POP!!
몸이 세 개 더 있었으면 좋겠어.
피-곤-해.
SIWU

/ 우리 모두 같은 생각 /

/ 요즘 우리 /

나 좀 그만 봐.
시선 둘 곳이 너밖에 없어.
SILKI

말 걸고 싶다.
무슨 말 하지?
할 말이 없네.
22.11.15 SIUK

/ 무슨 말부터 꺼내지 /

DO YOU HAVE SOMETHING TO EAT?
MY HEART?
SORRY, I'M VEG.
30/3 SILKI/16

썸 탄다…
썸
SIUKI

저리 비켜.
아냐, 와서 안아줘.
역시 그냥 꺼져.
SILKI

/ 착각에 빠져 전부를 볼 수 없었을 때 /

우리 공통점이 정말 많네요! 운명인가 와 봐.
우와- 정말이네. 천생연분이네, 우리?
SILKI

/ 뽀뽀를 진하게 하면 뿌뿌 /

객관적으로 말해줘.
그치만 우리는 객관적일 수가 없는 사이인걸.
3/12/15 SIWKI

/ 너와 나 작은 데이트 /

SIWKI

/ 사랑해요? 살 앙!해요 /

뭐 먹고 이렇게 날씬하지?
안 먹어서
날씬하지.
23 1
15 SILKI

또 먹어?
내게 끝이란 없어.
연장선만이 있을 뿐.
11 6
SIWKI 15

음식 사진 왜 찍어?
얼굴보다 잘 나와.
SIWOO

/ 피로 회복의 최고는 잠 /

심각합니다! 일어나지 못하고 있습니다!
더 잘래… 잔다…
초코든 커피든 일단 입안에 넣어!
더 이상의 초코는 위험합니다! 터져버리고 말 거예요!!
커피도 한계입니다!
으…
졸려…
너무나도 토실토실하군…
최후의 방법을 쓸 수밖에!!
간다!!
안 돼요!! 너무 위험해요!!
안 돼!
끄아아아악!!
서서 자면 안 돼!!
SIWKI

/ 빠른 기절 /

엄마! 옛날 얘기 해줘.
옛날 사람 아니라서 몰라.
SIHKI

SIWOO
불 끄기 전에 대신 쉬 좀 하고 와줘…

밤이면 밤마다

자, 시간이 되었다!
모두 일어날 시간이야.
자, 빨리들 일어나. 움직이라구.
벌써…?
더 잘래- 오늘은 쉬고 싶어.
자 모두 줄 맞춰서 나르자!
오늘 밤도 열심히 하는 거야!
하하!
외로움
우울증
미래 불안
불면증
정말 하루도 거르는 일이 없다니까!
차례로 잘 던져 넣어! 빠진 거 없지?
의욕은 왜 가져온 거야?
성욕 인줄 알고
흑역사 가져온 사람?
무기력
심심
찌질함 가져와! 연락처 리스트 잊지 말고!
오늘도 힘냅시다!
네-에-!
……
SILKI

엄마, 사랑해.
이 닦았니?
진짜 사랑이네.
27 10
SINKI 14

뭔데, 뭔데?
안 좋은 일 생겼니?
12 3
15 SINKI

10 8
SIKH 15
U KNOW WHAT'S THE MOST USED PHONE?
LET'S GO CONCERT.

/ 얼굴을 꼬집어줄까? /

얘 우나 봐!
우니?
우는 거니?
22 5
15 SIUKI

/ 머릿속 요정들의 회의 /

스트레스 받아! 어떻게 풀어야 할지 모르겠어!
책에는 잠 자기 음악 듣기 아로마 테라피 라는데?
그것들이 되면 이 고민을 하겠냐?
다 때려 부수고 던질래.
그거 다 누구보고 치우라고?
다 내가 치워야 하는 거잖아.
미칠 것 같지만 미치지 않는다.
SIWWI

너무 힘들다.
좋은 곳으로 데려가줄게.
주문하시겠습니까?
쿠션 위에 얹은 삼색 친구로요.
전 샴푸 한 지 3일 된 친구로요
말씀하신 삼색 쿠션 고양이와 샴푸 한 지 3일 된 고양이입니다.
아아, 행복해.
사랑해요.
털 빗겨드릴게요.
더 아래.
움내오.
SILKI

SILKI

/ 크리스마스는 당일 물가 폭등의 원인 /

/ 기다리던 크리스마스 /

크리스마스 일주일 남았다!
쌔-나클로스커-밍투태-운.

크리스마스 얼마나 남았어?
자정 지났어. 산타 선물은?
기대하는 게 우습다.

오늘 뭐 하지?
안 나가기.
12
25

산타 케이크 다음 날도 팔까?
누가 사.
산타가 환영 받는 건 크리스마스까지야.

마지막 날이야
내일부터 진

/ 내일이 오기 전에 /

크리스마스가 징글징글해

LAST DAY OF THE YEAR
12
NUTELLA
31 | 12
14 | SILKI

밤이면
밤마다

PART 3

뭐?
푸후우우우우으우으우으으으으으으으으으으으
9 5
SILKI 15

/ 아무 말도 않았다 그럴 필요 없었다 /

약한 모습을 보이기 쉽지 않다.
남이란 사실을 깨닫게 될까 봐.

물속에서 하염없이
발을 저어도 모자랄 판에

두 발 멈추고 쇼만 하고 있는 건 아닐까.

요즘 힘들다고 입 밖으로 꺼냈는데
내가 들어도 별거 아닌 것 같더라.

왜 난 여태까지 네 말을 들어주고
위로해주었던 걸까.

이런 생각이 가끔 들어.
너에게 난 뭐였는지.
난 너여야만 했는데
넌 누구여도 상관없었는지.
우리가 생각한 친구의
의미가 서로 달랐는지.
SILKI

나한테 하고 싶었던 말인지
그냥 얘기가 하고 싶었는데
걸린 게 나였는지.
SILKA

전화를 했으면 말을 해.

/ 너도 나와 같다면 /

자고 싶어서 술 마시고
잠 깨려고 커피 마시고.
18/1
15 SILKI

SIUKI
앞만 보고 달렸더니
허우적거리다가 떨어졌다.
다른 곳은 미처 보지도 못하고.
아직 안떨어졌…
나?

/ 나의 위치 /

창피해. 부끄러워…
30 5
15 SILKI
더 창피한 일이 생기면
그 일은 금방 잊게 될 거야.

/ 매일 밤 내일을 걱정해 /

매일
내일이 괴로워.
23 | 5
15 | SINKI

/ 그림자가 있어야 존재하는 빛 /

와, 쟤는 사과도 안 받아주네.
독하다.
SIWKI

예전 같은 관심을 네게 다시 받고 싶어.
재밌어?
응.
아무 말 없이 같이 있어도 편하다.
SIWKI

SILKI

/ 아무 말 안 할게 너도 하지 마 /

외롭다고 말하면
바쁘다고 할 거야?
22 6
15 SILKI

그것들을 다 포기하면
우리 사이엔 뭐가 남아?
SIWKI

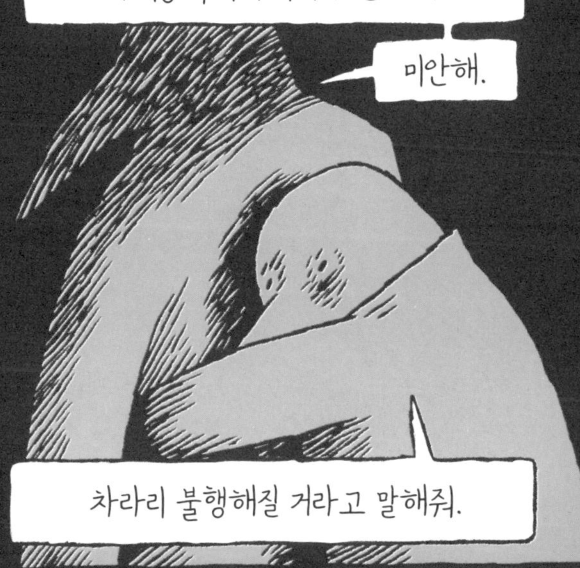
더 이상 우리의 미래가 안 보여.
미안해.
차라리 불행해질 거라고 말해줘.
SIWA

이젠 내가 싫어졌어?

안 싫어. 근데 좋지도 않아.

이제 아무 감정도 없어.

정작 그땐 눈물도 안 나왔어. 이미 그 전에 다 흘렸거든.
어차피 나 혼자 매일 헤어지는 기분이었는걸.

SIWKI
무슨 일인지 말 안해도 괜찮아.
신호만 보내줘. 안아줄 수 있게.
네게 힘을 보태고 싶어.

SILKI

그럴 만해서 그랬다

으아! 때리지 마세요!!
저거 말려야 하는 거 아냐?
불똥 튈 일 있냐?
분명 맞을 짓을 했겠지!
다 그럴 만한 이유가 있으니까 그런 거겠지!
가만히 있는데 때리고 괴롭히면 그게 정상이냐? 완전 돈 거지!
야! 저 사람 너한테 달려오는데?
SILKI

WHAT IS THE PROBLEM?
PROBLEM IS YOU!
I CAN'T SLEEP EVERY NIGHT.
WHAT IS SHE DOING?
WORRY ABOUT PROBLEM WHICH NEVER HAPPEN.
I'M UGLY! STUPID! FAT! DIRTY! ALONE! JERK!!
I'M NOTHING! NOTHING! NOTHING! NOTHING!!!
AND I CAN ONLY SAY TO MY DIARY.
14 8 SIWKI 15

/ 어째선지 쉴 틈 없네 /

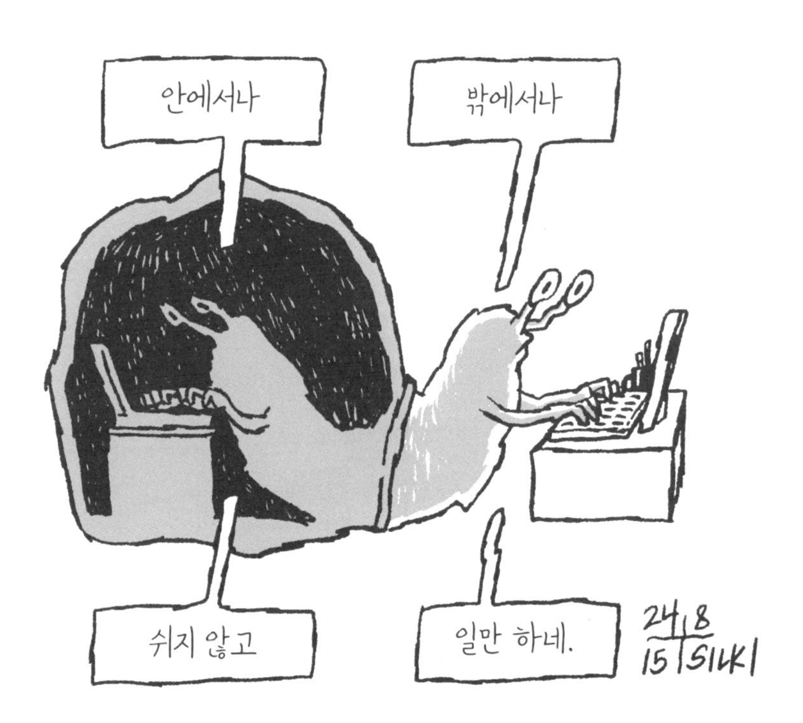

뭐해?
그냥 남들 다 하는 고민.
SINKI

저 정말 열심히 노력해왔어요.
충분히 연습해왔다구요.
그래.
근데 널
어디에 써먹겠니.
SILKI

/ 그래 봤자 아직 나는 병아리 /

이미 다들 새로운 마음으로
저만치 앞서 나아가 있는데
나만이 나아가지도 못하고
과거의 연장 속에 갇혀 있다.
어둠 속에서 눈을 떠봐도
보이지 않는 내 모습처럼
내년은커녕 내일조차도
내겐 캄캄한데, 그래도
달려나가보
…이런
34 12
15 SIKI

내 일 아니라
외면하지 마.
내일은 없어.
SIWKI

/ 그러게 말이야 /

울어서 해결되는 문제라면 얼마나 좋겠니?
15 | 9
15 | SILKI

/ 몸살에 걸린 이유 /

어서 자야 해!
안 그럼 아파!
안 돼!
좀만 더
좀만 더
미룰래.
으아아 한계다!!
얘호!
철~썩!!
아.
그그그러니까
내가 좀 쉬라고
했잖아아아…
21 1
SILKI 16

대학에 가자.
빛나는 내 미래!
빚 남은 내 미래.
SIUKI 16 24 3

/ 방아쇠 /

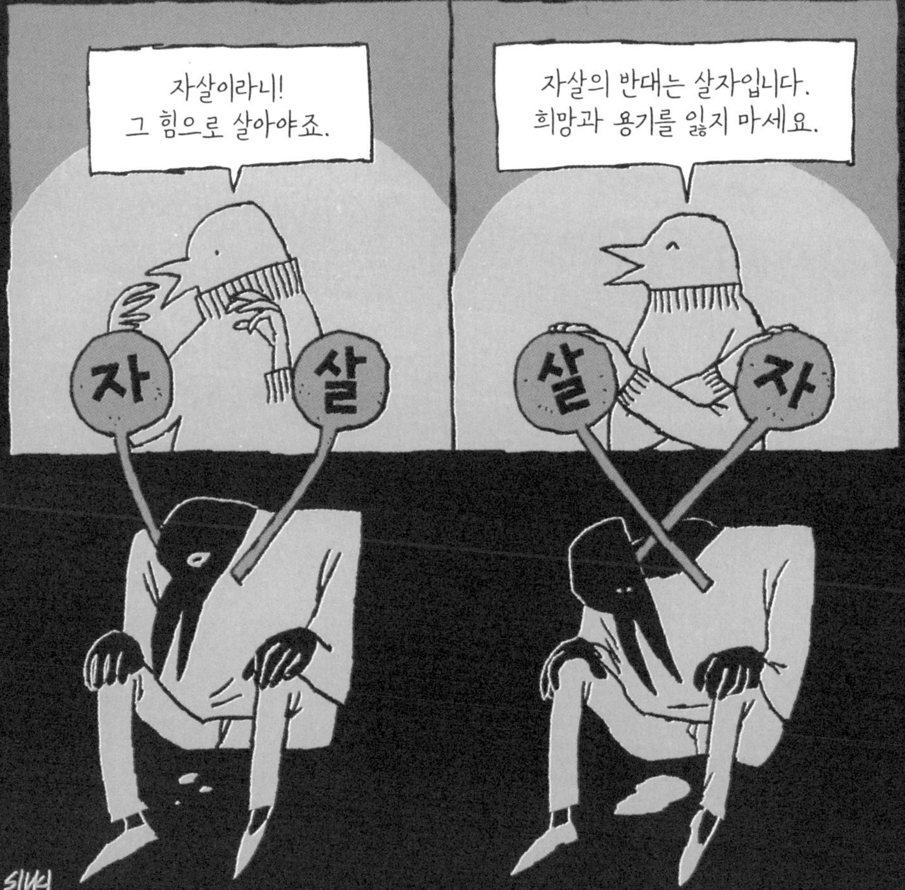

자살이라니!
그 힘으로 살아야죠.
자
살
자살의 반대는 살자입니다.
희망과 용기를 잃지 마세요.
살
자
SIKKI

/ 쉬는 게 불안해 /

/ 내가 큰 걸 바라는 걸까 /

/ 바쁜 것과 외로움은 별개야 /

어디론가 가고 싶어.
어디로?
여기만 아니면 돼.
SILKI

/ 그렇게 믿고 싶은 거야 /

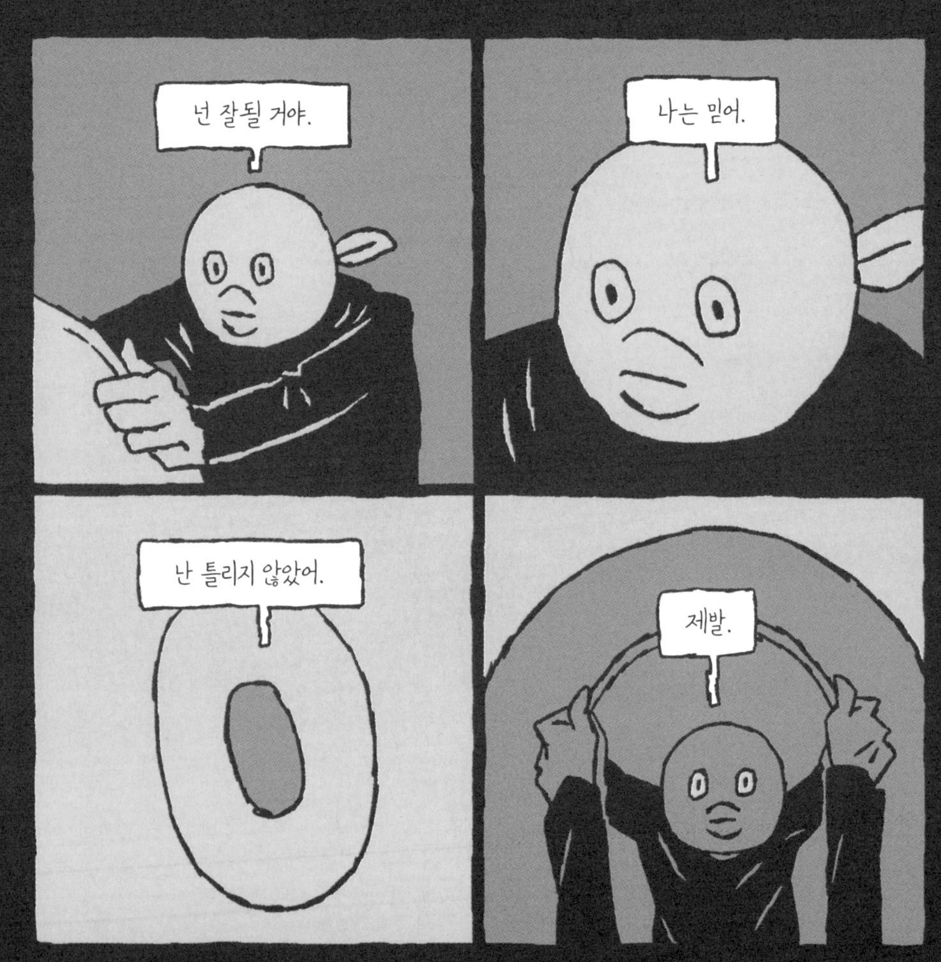

꼭 뜨거워야 하는 걸까 싶기도 하고
그 온도를 유지하기 쉽지 않더라고.
요령이 생긴 건지, 지쳐서
투덜대는 건지 모르겠지만.
요령이라니, 내가
이런 생각을 하고…
나도 가끔은 뜨거웠던
그때로 돌아가고 싶어.
표현에 지치지 않았던 그때의 나로.
SIUKI

/ 사과의 대상 /

야!
악!
뭐하는 거야?
사과해!
무슨 짓이야? 그만두세요!
소란을 피워서 죄송합니다. 모든 분들께 사과드립니다.
다음부터 조심해라.
용기 있네. 보기 좋다.
쟤가 심성이 참 착한데. 쟤도 사정이 있었겠지.
야. 나한텐 사과 안 하냐고, 나한테.
실수할 수도 있지.
너만 가만 있었어도.
시끄럽네.
그만 좀 용서해라.
소란 좀 피우지 마.
너 때문 아니야?
SILKI

모두가 불편해요!
잠재적 가해자라니!
모두가 불안해요.
잠재적 피해자라서.
SILKI

내 주변엔 없던데? 한 번도 못 봤는데?
SIIKI

/ 눈뜬 장님 /

내가 좋아하는 일을
너는 싫어하고 있어.
내가 좋아하는 일보다 훨씬 더
너를 좋아하니까 참을 거야.
근데 때때로 너무 힘들어.
언제까지 참을 수 있을까.
언제쯤이면 너에게 미움받아도
아무렇지 않을 수 있게 될까.
SIUKI

SIHKI
재는 시끄럽고 소리를 질렀고!
저는 성실하고 공부를 잘해요!
그래서?
남을 해쳐도 되는
이유가 어디 있어.
저는 큰 꿈이 있고 미래가 있어요!
술을 마시고 실수로 한 일이라구요.
그래서?
용서해야만 하는
이유가 어디 있냐고.

문제의 원인을 네게서 찾지 마

걔가 싫대.
왜 그럴까?
물어볼까?
그만해! 싫다잖아!
걔가 너한테 왜 설명해야 하냐?
SIWKI

/ 자각 /

너 지금 니 얘기하냐?
SILKI

으이구, 이 등신아.
SIUKU

왜 난 늘
그런 식이야?
SIWU

좋아할 수 있는 열정

예전엔 좋아하는 일을 움켜쥐고 살았는데
유지할 돈도 시간도 없다.
지금은 매달려만 있기에도 벅차다.
나를 다시 떠오르게 만들 무언가를 원하지만
난 이미 너무나 지쳤어.
SIUKI

우리 좀만 쉬자-
그래그래.
......
그래, 그러자.
짜증 나.
왜?
난 쉬기 싫은데.
진짜 힘드네.
맞아 맞아.
......
쉬고 싶다.
후우
이제 그만 가자.
대체 언제까지 쉬나.
배고프지 않니?
맞아 맞아.
......
뭐 먹고 싶다.
열 받아.
우리 언제 가냐.
다들 안 움직이네.
다들 똑같으니까 문제 없겠지.
나 혼자가 아니니까 괜찮겠지.
SILKI

/ 이곳은 나에게 어울리지 않아 /

/ 도망간다고 문제가 해결되진 않아 /

나는 무서워.
안전한 장소가 있을지
안전한 사람이 있을지.
내가 지내던 장소와 시간이 낯설어.
왜 그곳에 있었니.
왜 그 옷을 입었니.
대체 왜 그런 말을 하는 거야?
운이 나빴다고?
언제까지 내 생존을
운에 걸어야 하는데?
SIWU

/ 바쁜 우리 /

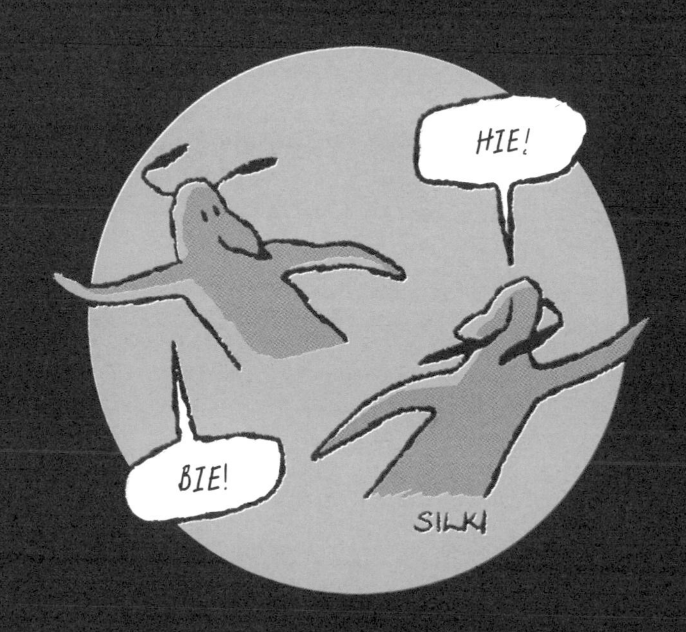
HIE!
BIE!
SILKI